- HERGÉ -

ANTURIAETHAU TINTIN

TEML YR HAUL

ADDASIAD
DAFYDD JONES

DALEN

dalenllyfrau.com

Teml yr Haul yw un o nifer o lyfrau straeon stribed gorau'r byd sy'n cael eu cyhoeddi gan Dalen yn Gymraeg ar gyfer darllenwyr o bob oed. I gael gwybod mwy am ein llyfrau, cliciwch ar ein gwefan *dalenllyfrau.com*

Tintin o gwmpas y Byd

Affricaneg Protea Book House
Almaeneg Carlsen Verlag
Armeneg Éditions Sigest
Asameg Chhaya Prakashani
Bengaleg Ananda Publishers
Catalaneg Juventud
Cernyweg Dalen Kernow
Corëeg Sol Publishing
Creoleg Caraïbeeditions
Creoleg (Réunion) Epsilon Éditions
Croateg Algoritam
Cymraeg Dalen (Llyfrau)
Daneg Cobolt
Eidaleg RCS Libri
Estoneg Tänapäev
Ffinneg Otava
Ffrangeg Casterman
Gaeleg Dalen Alba
Groeg Mamouthcomix
Gwyddeleg Dalen Éireann
Hindi Om Books
Hwngareg Egmont Hungary
Indoneseg PT Gramedia Pustaka Utama
Isalmaeneg Casterman

Islandeg Forlagið
Latfieg Zvaigzne ABC
Lithwaneg Alma Littera
Llydaweg Casterman
Norwyeg Egmont Serieforlaget
Portiwgaleg Edições ASA
Portiwgaleg (Brasil) Companhia das Letras
Pwyleg Egmont Polska
Rwmaneg Editura M.M. Europe
Rwsieg Atticus Publishers
Saesneg Egmont UK
Saesneg (UDA) Little, Brown & Co (Hachette Books)
Sbaeneg Juventud
Serbeg Darkwood D.O.O.
Sgoteg Dalen Scot
Siapanaeg Fukuinkan Shoten Publishers
Slofeneg Učila International
Swedeg Bonnier Carlsen
Thai Nation Egmont Edutainment
Tsieceg Albatros
Tsieinëeg (Cymhleth) (Hong Kong a Taiwan) Sharp Point Press
Tsieinëeg (Syml) China Children's Press & Publication Group
Twrceg Alfa Basım Yayım Dağıtım
Cyhoeddir Tintin hefyd mewn nifer o dafodieithoedd

Le Temple du Soleil
Hawlfraint © Casterman 1949
Hawlfraint © y testun Cymraeg gan Dalen (Llyfrau) Cyf 2018

Cyhoeddwyd yn unol â chytundeb ag Éditions Casterman
Cyhoeddwyd yn gyntaf yn 2018 gan Dalen (Llyfrau) Cyf, Glandŵr, Tresaith, Ceredigion SA43 2JH
Mae Dalen yn cydnabod cefnogaeth ariannol Cyngor Llyfrau Cymru
Llythrennu gan Lannig Treseizh
ISBN 978-1-906587-89-5

Argraffwyd yn yr Alban gan Bell & Bain

TEML YR HAUL

Ym mhencadlys heddlu Callao, Periw...

Y cyn-gapten Hadog, a'r gohebydd Tintin?... Iawn, rwy'n cofio, cefais rybudd rhag-blaen gan Interpol, rwy'n barod i'w gweld...

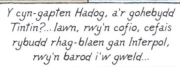

O'r hyn a ddeallaf, y sefyllfa yw fod eich cyfaill, yr Athro Efflwfia, wedi ei gipio — rydych chithau o'r farn ei fod yn gaeth ar fwrdd y llong fasnach Pachacamac, a fydd yn glanio yn Callao yn ystod y dyddiau nesa...(1)

Yn gywir.

Dyna ni, felly, cyn gynted âg y bydd y Pachacamac yn cyrraedd y porthladd, fe wnawn ni archwilio'r llong. Ac os yw eich cyfaill ar ei bwrdd, gallwn obeithio...

Edrychwch! Rhywun yn ffoi... Roedd e'n clustfeinio ar ein sgwrs!...

Wnaethoch chi gamgymryd...

Naddo, roedd e i'w weld yn glir! Gŵr o dras Indiaidd yn syllu, cyn diflannu drwy'r llwyni.

Ond pa ots? Nid oedd unrhyw beth cyfrinachol yn ein sgwrs...

Anghofiwch y peth... Dewch, llwncdestun i'ch cyfaill Efflwfia, gyda gwydryn bach o'r ddiod genedlaethol yma — pisco!

(1) gweler RHITH SAITH RHYFEDDOD

Ymhen ychydig...

Hei lwc! Dychmyga, Tintin, bydd 'rhen Ephraim nôl yn saff gyda ni cyn hir!... O, hyfryd ddydd! Hir oes, pisco!...

Cod dy grib, grwt! Bydd yr hen gydymaith penchwiban nôl 'da ni cyn bo ti'n gwbod...

Mae'r sefyllfa'n addawol, ydy, ond does dim osgoi'r ffaith fod rhywrai yn ein gwylio ni...

Diawch, dere! Mwynha dy hunan yng nghanol y carnifal — yr Indiaid, y gwisgoedd, y lama yn brefu ar bob cwr...

♪♩ Oes lama eto? Oes, heb ei godro! ♩♬

Dewch, Capten, nid babi yw e...

Gofalus, señor...

Gofalus? Pam, boi bach? Sai'n mynd i fyta dy lama, odw i?!

Hen lama bach pert wyt ti, ontefe?... Ti'n joio whare gyda Capten Hadog, on'd wyt ti?...

Pan fydd lama o'i gof, señor, dyna beth mae lama yn ei wneud.

O ble ddaeth hwnna?!

Jiawl, dyle fod cyfreth yn erbyn ymddygiad anghymdeithasol mewn mannau cyhoeddus!

Codwch eich crib, Capten! Cofiwch beth ddwedoch chi — bydd yr hen gydymaith penchwiban nôl gyda ni cyn bo chi'n gwbod.

Gwesty Cristobal Colon... Bueno...

Drannoeth...

DRRRING

Bore da... Ie, Tintin sy'n siarad... Bore da, señor Brif Arolygydd... Sut? Mae'r Pachacamac ar y gorwel?... Gwych! Glanfa rhif 24, iawn, byddwn ni yno ar unwaith.

Ac o fewn dim...

Dyna'r Prif Arolygydd gyda'i ddynion, wrth y lanfa...

Ond... Ydw i'n dychmygu pethe ?!...

Parry-Williams a Williams-Parry! Fan hyn?

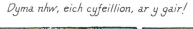

Dyma nhw, eich cyfeillion, ar y gair!

Wel, mae hyn yn gyd-ddigwyddiad!

Ddim o gwbl. Dyma'r gwŷr a anfonwyd atom gan Interpol fel rhan o'r ymdrech i ddod o hyd i'ch cyfaill.

Reit 'te, ble mae'r Pachacamac?

Fan acw, i'r chwith o'r bad â'r simdde goch...

Ie, ie, dyna'r Pachacamac... Dewch i ni obeithio fod 'rhen Ephraim arni!

Ond mawredd y moroedd!

?

Picls Porthcawl! Ma'r Pachacamac yn codi llumanau... Un melyn, ac un glas a melyn... Arwydd fod arni glefyd heintus!

Nefoedd yr adar! Ac mae disgwyl i ni ei harchwilio?!

Bydd hynny'n amhosib nes fod swyddogion iechyd y porthladd yn rhoi caniatâd.

Dyna'r bad meddygol yn mynd nawr i gyfeiriad y Pachacamac...

Does dim i'w wneud ond aros, felly.

Dudwch wrtha i, Capten, beth yn union ydy'r stwff yna, giwano?

Giwano?...Ym, wel, sai'n siŵr shwd i esbonio...

Wel, dyna i chi enghraifft perffaith o giwano!

Ac mi wyt ti o'r farn fod hynna'n ddigri?!... Het fowlsan newydd sbon!... Ia, doniol iawn!

Capten! Mae'r Pachacamac yn codi llumanau newydd!

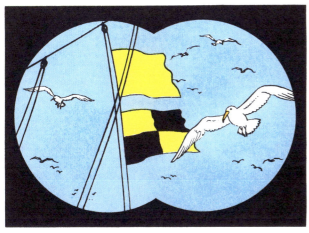

O! mawredd mynyddoedd y moroedd mawr! Maen nhw wedi'i gosod hi mewn cwarantîn!

Ydan nhw'n dathlu pen-blwydd aelod o'r criw?

Cwarantîn, y twpsyn! Sneb yn cael mynd ar fwrdd y llong nes fod yr haint wedi clirio.

Mae'r bad meddygol yn dod nôl...

Sut hwyl, ddoctor?

Mae dau ar fwrdd y llong yn diodde'r clefyd melyn – bydd y Pachacamac mewn cwarantîn am dair wythnos.

Clywsoch felly... Hen dro, bydd rhaid i ni fod yn amyneddgar.

Yn amlwg. Ym, clywch, ai gŵr o dras Indiaidd yw'r meddyg?

Ie, o dras hynafol Atahualpa fel mae'n digwydd. Pam?

Dim rheswm arbennig...

Nes ymlaen...

Mawredd! Tair wythnos, myn yffach i, a 'run ohonon ni damed yn gallach os odi Ephraim ar fwrdd fflat Huw Puw!

Fedrwn ni ddim aros tair wythnos... Rŷn ni'n mynd i gael gwybod heno!

Beth wedest ti? Heno?!

Rwy'n mynd ar fwrdd y Pachacamac heno.

E? Grynd 'ma, gwboi... Wyt ti 'di anghofio am y clefyd melyn?

Capten, fe wna i fentro 'mywyd fod pawb ar fwrdd y Pachacamac yn iach fel cneuen!

Ond diawch, glywest ti'r meddyg...

Roedd y meddyg o dras Atahualpa, Capten... Nodwch hynny.

Wedi iddi nosi...

Iawn, awn ni ddim yn nes at y llong rhag i ni gael ein gweld...

Reit-o... Ti'n berffeth siŵr? Cofia fod siarcod yn nofio'r dyfroedd hyn...

Twll i'r siarcod! Ta beth, fe ddylsen nhw fod yn cysgu'n drwm yr adeg hyn o'r nos!

Gwed ti...

Mae'r cyfan yn glir, felly... Os na fydda i nôl ymhen dwyawr, ewch chi at yr heddlu... Hwyl, Capten... A bydd di'n fachan bach da, Milyn.

Rhwydd hynt i ti, Tintin...

Jiawl, sdim troi nôl nawr...

Nawr ma'r gwaith caled yn dechre...

¿Qué pasa, ahí abajo?...

¿Quien es?...

Mam fach! Rhywun arall!

Sda fi ddim dewis! I mewn i'r caban, glou!

Diolch byth, welodd e mohona i...

¿Qué ha pasado, Chiquito?...

No es nada, debe de ser el gato...

Ffiw! Dim ond y gath!

Diolch i'r nefoedd am hynny... Mae e wedi mynd nôl i'w gaban!

CHCHCH

CHCHCH

!

Rhywun yn cysgu!... Gwell i fi ei heglu hi o 'ma!

Sgiws mî... tamed bach 'to, tua'r gorllewin...

Does bosib... Os nad ydw i'n camgymryd, mae'r llais yna'n gyfarwydd...

Ephraim R. Efflwfia!

Hei, Athro Efflwfia... Deffrowch! Fi, Tintin, sy 'ma... Plîs, deffrowch!

Dim ymateb... Rhaid fod cyffur cwsg neu rhywbeth...

Beth yw hyn?... Beth sy gydag e am ei arddwrn?

Breichled y mymi yw e!

Si, breichled Rascar Capac!

Ond ti... Chiquito!

Si, Chiquito.

Beth wyt ti am ei wneud i'r Athro Efflwfia?

Ei sarhad fu gwisgo breichled yr Inca — am ei gamwedd yn erbyn Rascar Capac, rhaid iddo farw!... Byddwch chithau'n garcharor am yn awr, ond daw cosb i chwithau hefyd...

Alonso!

Hei! Dere 'ma, ti!

Bois bach, un arall!

Dros yr ochr ac i mewn i'r dŵr!

Melltith arnoch! Cewch dalu am hyn!

Picls Porthcawl! Ma'r mwncwn yffarn yn mynd i ladd Tintin!

Y môr-ladron! Yr hoi-poloi!... Dere, Hadog, rhwyfa!

Siapa dy stwmps cyn bo ti ar dy din!...

?

Wow! Wow!

Yffarn dân!

Wow! Wow!

Cau di dy ben, y mwlsyn yffarn!

Hei! 'Co Tintin...

BANG
BANG
BANG

Wooow!

Dere, dere... Smo ti 'di cael anaf, wyt ti?

Nagw, rwy'n iawn... Ond ma' eisie i ni fynd o ma'n glou!

Mae'r Athro Efflwfia ar y llong, Capten — maen nhw wedi ei ddedfrydu i farwolaeth am iddo wisgo breichled yr Inca.

Reit, dyma ni wrth y lan, rhaid galw am gymorth yr heddlu!

Ewch chi nôl i'r dre a ffonio'r heddlu, tra 'mod i'n cadw llygad ar bethe fan hyn.

Dim cwsg i ti a fi heno, Milyn.

Dyna syrpreis...

Popeth yn dawel ar hyn o bryd, ond... Dyna nhw'n gollwng y bad bach i'r dŵr... Ble mae'r Capten erbyn hyn?

Teleffôn, o'r diwedd!

Ia, ia, dyma bencadlys yr heddlu... Be 'dach chi'n ddeud?...'Dach chi isho siarad efo'r Prif Arolygydd? Y pen bandit ei hun? Ydach chi'n wallgo 'dwch?...Mae'r señor Prif yn cysgu!

Diawl eriôd, fi'n gwbod 'ny! Dyna'n gwmws pam fod rhaid i ti ddihuno fe!... Ma' hyn yn bwysig iawn!

Mae 'nghalon fach yn torri! Ylwch, ella'i fod o'n fatar pwysig, ond toes 'na neb yn cael deffro'r Prif am bedwar y bora!

Ond ma' rhaid... Odych chi'n deall? Ma' hyn yn... Helo? Helo?...Wel, yr yffarn jiawl, mae e 'di rhoi'r ffôn lawr arna i!

Yn y cyfamser...

Mae'r bad wedi glanio... Dere, Milyn, ond paid gadael iddyn nhw dy weld di... Rhaid i ni symud yn nes...

Reit, sdim dewis 'da fi ond ffono Parry-Williams a Williams-Parry...

Hwnna'n swnio fatha'r ffôn

Yndy, fatha swnian y ffôn.

Beth yw hyn?!... Maen nhw'n cario'r Athro Efflwfia i'r lan...

DRRRING

Ti'n mynd i atab o?

Nacdw!... Sut fedra i atab os ydw i'n cysgu?

Dewch, bois, atebwch y ffôn!

DRRRING

Sut fedri di fod yn cysgu os wyt ti'n siarad efo fi?

Wyddost ti'n iawn 'mod i'n siarad yn fy nghwsg!

O nefi wen! Jiawl, sdim drwy'r nos 'da fi, bois!

Reit, mi âf i, ond ti sy'n gor'od ei atab o tro nesa!

Helo?... O, shwmae, Parry-Williams! Smo chi'n lico ateb y ffôn neu beth?!

Pwy?... O, y chi sy yno, Capten Hadog... Sut 'dach... Yr Athro Efflwfia? Ymhle felly?... Iawn, dallt, mi fyddwn ni yno syth bin...

Ymhen hanner awr...

Jiawl! Fi'n teimlo fel Caleb a'r Dŵ-Lals!

Dyna'r bad bach ôdd 'da ni ddwyawr yn ôl... Ond i ble'r aeth Tintin?

Tintin!

Hei, Tintin!

Tintin!

Sdim diben gweiddi — ma' Tintin wedi hen ddiflannu. Ond os chwiliwn ni ar hyd y traeth, rŷn ni'n siŵr o godi trywydd.

Ma' hyn fatha ceisio codi pry...

A bod yn fanwl gywir, mae o fatha pry'n ceisio codi...

Drychwch, fan hyn, olion traed!

Mae 'na fwy fan hyn... Olion traed pedwar neu bump, a cheffyl... nage, lama... Odych chi'n gweld yr olion yn y tywod, bois?

Maen nhw'n cario 'mlân yn hollol glir, i'r cyfeiriad hyn...

Maen nhw'n cwpla fan hyn wrth yr hewl... Ond mae'n amlwg mai mynd ymlaen i'r cyfeiriad hyn nethon nhw...

Ond daliwch... Ella'u bod nhw am ein twyllo ni... Beth os nathon nhw droi i'r cyfeiriad arall?

Yn hollol!... Dwi'n cynnig fod hannar ohonan ni'n mynd mewn un cyfeiriad, a'r hannar arall i'r llall.

Syniad gwych — mae'n hanner ni yn gwneud un a hanner, gwboi...

'Tawn i'n smecs! 'Dach chi'n hollol iawn. Be wnawn ni 'lly?

Ewch chi'ch dau y ffordd 'co, ac fe âf i'r ffordd hyn... Wedyn cewn ni weld pwy sy'n dod o hyd i Tintin gynta!... Reit, bant â ni... A cadwch eich llyged ar agor!

Na hidiwch, maen nhw led y pen yn agorad!

Hynny ydy...

TRO CHWITHIG

2

Wedi rhai oriau...

Hei, grwt... Wyt ti wedi cwrdd ag unrhyw un ar y lôn?... Bachan ifanc o Ewrop, a chi bach gwyn gydag e?

Ydw... Ac rwy'n ei nabod yn dda!

Tintin! Crwt yr yffarn wyt ti, myn asen i... Jiawl, bydden i byth wedi gwbod mai ti ôt ti, wedi gwisgo fel hyn... Ond pam yr hen ddilladach lleol?

Fe wna i esbonio...

Pan ddaethon nhw â'r Athro Efflwfia i'r lan, roedd rhywrai yn eu disgwyl ar y traeth... Dyma nhw'n codi'r Athro ar gefn lama, a'i dywys i ffwrdd... Fe wnes i ddilyn, gan gadw'n ddigon pell rhag iddyn nhw fy ngweld.

Erbyn i ni gyrraedd tre fach Santa Clara, roedd rhaid i mi fynd yn nes atyn nhw – felly dyma godi'r het a'r ponsho yn y farchnad er mwyn gallu mynd yn ddigon agos i'w gweld yn prynu tocynnau trên i Jauga...

Beth nethon nhw ag Ephraim?

Roedd e'n eu dilyn yn ufudd, fel petai'n cerdded mewn cwsg... Ac yna fe aeth y trên, a minnau'n sefyll yn yr orsaf – doedd gen i ddim arian i dalu am docyn... Troi'n ôl oedd yr unig ddewis, yn y gobaith o gyfarfod â chi...

Mawredd!... Be sy'n bod arnyn nhw, yn mynd ag Ephraim ar rhyw galifant!... Dere, fe awn ni i ddala'r trên nesa!

Ym, iawn, ond... Wel, dim ond bob yn ail ddiwrnod mae'r trên yn teithio...

Felly, pam nad yw'r heddlu gyda chi? Wnaethoch chi eu ffonio nhw?

Ma' Parry-Williams a Williams-Parry ar dy drywydd yn rhywle...

Ymhen deuddydd...

Ym, sgiwswch fi, ond ife yn y cerbyd ola ma'n seddi ni?

Si, señor.

Lwcus bo ni 'di cyrraedd yn ddigon cynnar... Weden i fod y trên yn mynd i fod yn orlawn...

Na, fedra i ddim, mae hynny'n amhosib... Mae'r hyn a ofynnwch yn ormod...

Dyna'r gorchymyn, ac fe wyddost y gosb os na wnei di ufuddhau.

Ymhen hanner awr...

TŴŴŴT

A bant â'r cart... Ond mae'n rhyfedd, gyda'r holl deithwyr hyn, nad oes un ohonyn nhw wedi dod i rannu'r goets gyda ni.

ESTRONIAID YN UNIG

Siwrne dda, señores!

Wedi rhai oriau di-dor...

Fi'n credu âf i am wâc fach, nôl mewn pum munud.

Hei, clyw, heblaw amdanot ti a fi, sdim un enaid byw yn teithio yn y goets 'ma!

Dyna beth od... Nawr ôn i'n darllen, Capten, fod y rheilffordd yma'n dringo'n agos at 16,000 troedfedd ar hyd siwrne sydd dros gant o filltiroedd... Sy'n golygu mai hon yw'r rheilffordd ucha yn y byd!

Sai'n synnu — a rŷn ni'n dal i ddringo...

O, mae'r trên yn arafu... Rhaid ein bod yn dod at yr orsaf...

!

Capten, rhaid dianc nawr!
Mae'r cyplu wedi torri rhwng ein
coets ni a gweddill y trên!

Un naid!

Fy nhro i nawr...
Un naid amdani!

Ond mam fach!

Iyffach gols!
Pam ddiawl nag yw e wedi neidio?!

Mae'r twnnel
fel bola
buwch!

Iaw!...

Milyn!... Milyn!

Tintin!... Ble mae e?

?

CRENSH CRAC

Edrych! Mae'r goets yn rhydd ar ymyl y dibyn... Dim ond dianc mewn pryd wnaethon ni.

!

Diolch i'r nefoedd, Milyn, dihangfa arall i ti a fi...

Mae'n braf cael oifad!

Dere i ni sychu rhywfaint, ac yna ceisio dod o hyd i'r Capten...

Un ymdrech arall, Milyn, a dyma ni nôl ar y rheilffordd...

Cerdded nawr, ymlaen nes dod o hyd i'r Capten.

Dal dim sôn amdano... Beth os gafodd e anaf wrth neidio o'r goets?

Beth sy 'di digwydd iddo?

Hwrêêê!

Hwrê!

'Co ti'n saff! Dyna ddihangfa!

TŴŴŴŴT

!

Hei, gan bwyll! Stop!

Chi oedd yn y cerbyd wnaeth dorri'n rhydd?... Ac fe lwyddoch i neidio?... Dyna ragluniaeth!

Yfi ydy meistr yr orsaf nesaf, a phan gyrhaeddodd y trên wedi colli'r goets olaf, roeddwn yn pryderu yn ofnadwy — nid oes damwain debyg wedi digwydd ar y lein erioed o'r blaen...

Damwain?...Ymgais i'n lladd oedd hyn, nid damwain.

Ymgais i'ch lladd?... Mae hynny'n amhosib...

Ond mae'n wir... Ta beth, rŷn ni'n teithio i Jauga... Fedrwch chi fynd â ni yno?

Ymhen amser, yn Jauga...

Dyn byr, meddwch chi, efo locsyn du ac yn gwisgo sbectol?...Mae gen i rhyw gof... Roedd o 'n cadw cwmni Indiaid, ydoedd?...

Carcharor ôdd e, myn diain i! Ma'n ffrind ni wedi cael ei gipio gan yr Indiaid...

Ei gipio gan yr Indiaid?... Na, dydw i ddim yn credu hynny... Roedd y gŵr a welais i yn cerdded efo'r Indiaid o'i wirfodd, roedd hynny'n amlwg...

Dylanwad cyffur ôdd hynny!

Yn wir?... Rwy'n amau... Arhoswch, rhaid 'mod i wedi camgymryd... Dyna ni, gŵr tal oedd yr un a welais i, a toedd gynno fo ddim locsyn...

Beth?... Ond munud yn ôl fe wedoch chi...

Roeddwn i wedi camgymryd... Mae'n flin iawn gen i, ond fedra i ddim cynnig mwy o gymorth... Mae ein cyfweliad ar ben!

! !

Pam newid ei gân?... Fel tase fe am olchi'i ddwylo o'r cyfan... Oes ofn yr Indiaid arno?

Bydd rhaid i ni'n dau fynd a holi ymhlith y bobol leol...

Reit-o... Ac fe gwrddwn ni wrth yr orsaf mewn awr.

Welsoch chi ddyn byr â locsyn bach, yn gwisgo sbectol?...

No sé!

Dyn bach byr yn gwisgo sbecs... Chi wedi'i weld e?

No sé!

Chi wedi'i weld e?

No sé!

No sé! No sé!... Jiawl, ife na'r unig eirie ma'r bobol ffor' hyn yn galler ei 'weud?

? Cardod i'r amddifaid, señor...

No sé!

?

Yn y cyfamser...

No sé! Mae'n rhaid eu bod nhw wedi gweld rhywbeth, ond mae ofn dweud arnyn nhw...

Cystal gofyn i'r bachgen 'na sy'n gwerthu orennau...

No sé, José!

Hei, dyma Zorrino yn dod... Fe gawn ni sbri!

Wa-ha! Ha! Ha!

Ho! Ho! Ho!

Ha! Ha! Ha!

Hi! Hi! Hi!

Be wyt ti di'i golli, hogyn bach?

Iaaaw!

Y cythraul!

Dyle fod cywilydd arnoch yn bwlio plentyn bach fel yna!

Gofyn am drwbwl wyt ti, ia?

Gad hwn i mi, Pedro... Isho stid sy ar y gŵr bonheddig yma.

Beth am hyn...

Cymer hyn, y llinyn trôns!...

Be uffar... Ti'n gofyn amdani 'wan!

Watsha dy ben!

Ti'n meddwl bo ti'n glyfar, yndwyt?

AWW!

O, mae'n ddrwg gen i...

!

WAAAA!

AWWW!

Wow! Wow!

Milyn!... Dere nôl, Milyn! Dyna ddigon!

Wel, dŷn ni ddim cam yn nes at ddod o hyd i'r Athro Efflwfia...

Hei, señor... Arhoswch ble rydach chi... Gwrandewch arna i...

Peidiwch â dangos fy mod yn siarad efo chi... Clymwch garrai eich esgid...

Mi wn ble mae eich cyfaill yn gaeth... Ewch i brynu drylliau, ac yna dewch i gyfarfod efo fi ar doriad gwawr, wrth Bont yr Inca... Ydach chi'n deall? Rwan, ewch.

Wel, allan o ddim, dyma rywun i'n tywys ni...

Beth os mai magl arall yw hyn?

Gwrandewch arna i, señor...

Fe'ch gwelais yn estyn cymorth i fachgen Indiaidd... Rydych yn ŵr da... Rydych yn ddewr...

Ond... ym... Pwy ŷch chi?

Rwy'n llefaru geiriau doeth... Peidiwch mynd ar drywydd eich cyfaill, neu byddwch yn wynebu peryglon enbyd.

Ond sut wyddoch chi?

Mi wn, señor... Yr helynt efo'r trên? Roedd ffawd o'ch plaid bryd hynny... Ond efallai na fyddwch yn ffodus y tro nesaf... Gair i gall, peidiwch â dilyn trywydd ofer!

Diolch i chi, ond wna i ddim ildio fy nghyfaill...

Byddwch yn ffôl, felly... Os ydych yn benderfynol o fwrw ymlaen, cymerwch hwn... Bydd o gymorth i chi mewn cyfyngder...

Tlws bach, swyndlws o rhyw fath... Ond...

Drannoeth, gyda'r wawr...

Iyffach... Pam nag yw'r tywysydd bondigrybwyll yn dangos ei wyneb?

Draw fan hyn!...

Dewch, señores!... Yn gyflym!

Gofalus, rhaid bod yn wyliadwrus...

⑳

Ond... Dyna'r bachgen oedd yn gwerthu orennau, fe wnes i sôn amdano...

Felly, ti oedd...

Ie, yfi wnaeth siarad efo chi ddoe, y tu ôl i'r llwyn... Byddai'r bobol leol wedi fy lladd petaent yn fy ngweld yn siarad efo chi... Rwan, dewch gyda mi...

Arhoswch amdanaf wrth ben arall y bont... Byddaf yn ôl mewn dim...

I ble mae e'n mynd?

Sai'n gwbod... Fe ddwedodd e wrthon ni am aros...

O, mawredd mawr! Dau lama!

Er mwyn cludo'r nwyddau, señores... Bydd ein taith yn un hir!

Nefar in Iwrop, gwboi! Os wyt ti'n meddwl 'mod i'n mynd ar daith gyda'r ddou bwmp dŵr hyn... wel, anghofia fe nawr!

Ond mae'r lama yn greadur addfwyn, señor, peidiwch ag ofni...

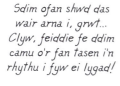

Sdim ofan shwd das wair arna i, grwt... Clyw, feiddie fe ddim camu o'r fan tasen i'n rhythu i fyw ei lygad!

Ti'n gweld?

IAWW!...

Wel, y sholen flewog!

Peidiwch, señor!

Pan fydd y lama yn digio...

Arglwydd mawr! Fi'n gwbod!... Pan fydd y lama yn digio, mae e wastad yn gwneud 'na!

Dewch, rhag i ni golli mwy o amser... Ydyn ni'n barod i fynd, ym... Beth yw dy enw, gyfaill?...

Zorrino, señor.

Clyw, Zorrino, ble mae ein ffrind ni?... Fentrwn i fod pobun ymhlith yr Indiaid yn gwybod ble mae'r Athro Efflwfia, ond doedd neb yn barod i ddweud...

Mae o'n garcharor yn Nheml yr Haul... Ond mae ar bawb ofn dweud.

Ofn beth, yn union?

Ofn yr Inca... Mae dialedd yr Inca yn ddidrugaredd os bydd Indiaid yn datgelu i ddieithriaid yr hyn na ddylent ei wybod.

Teml yr Haul?... A'r Inca, yn y dyddiau sydd ohoni?... Mae'n anodd credu'r peth.

Nid yw'n hysbys i ddieithriaid – heblaw chi.

Ond beth amdanat ti, Zorrino? Nag wyt ti'n ofni'r Inca?

Petawn ar fy mhen fy hun... Ond gyda chi, does gen i ddim ofn!

Wrth iddi nosi...

Dyma'r "chullpa", señor, hen feddrod Inca... Cawn dreulio'r nos yma, a bwrw ymlaen gyda'r wawr.

Fe wna i wylio fan hyn am ychydig oriau, cyn dy ddeffro di tua chanol nos.

Iawn.

Nos da, Capten... Cofiwch fy neffro i am ganol nos.

Paid becs... Cysgwch chi'ch dou'n dawel nawr.

Nos da, Zorrino.

Nos da, señor Tintin.

Jiw-jiw-jeriw! Perlysiau penglog yr Inca yn eu blodau!

Señor, gaf i weld eich trwydded ar gyfer y dryll mawr 'na?

Trwydded?... Bydded felltith arnoch mewn dilyw tân a thanchwa!

O!... Roedd honna'n hunllef ofnadwy... Dim ond pelydryn haul yn fy nharo... Ond...

!

Mam fach!... Mae'r Capten wedi gadael i mi gysgu drwy'r nos... Capten! Capten?!

Capten!... Capten!... Zorrino!

... orrino!

... orrino!

Dim byd ond adlais... Ble maen nhw?

Byta brecwast, mwn!

Mae hyn yn annifyr... Gwell arfogi fy hun!

Beth?...Mae'r dryll oedd gen i wedi diflannu!

Dyma het Zorrino... Ond does dim o'i ôl yn unman...

WOWOW! WOWOW! WOWOW!

?

Beth sy gen ti, Milyn?

WOWOW! WOWOW!

!

Capten? Beth yn y byd...

Siap hi! Siap hi! Cyn bo fi'n mynd yn dŵ-lali bost!

?

Mawredd mawr... Dere... Fan...

...Hyn!

Ma'r diawl bach direidus wedi bod yn rhedeg lan a lawr 'y nghefen i drwy'r nos!

Madfall!

Gofalus!

Hei, 'shgwl, mae e'n torri'n ddarne mân!

WOWOW! WOWOW!

WOWOW! WOWOW!

Dwedwch beth ddigwyddodd...

Wel, ôdd hi'n tynnu at ganol nos, a fan 'na ôn i'n cerdded lan a lawr i gadw'n dwym... Ac yn sydyn reit, cododd cysgod du o 'mlân i, a whad ar 'y mhen cyn bo fi'n gallu neud unrhyw beth... A wedyn, dihunes i ar y llawr gyda'r rhaffe yn dynn amdana i, â blwmin madfall rheibus ar 'y ngwar! Beth am Zorrino?

Mae e wedi diflannu, Capten, ynghyd â'r ddau lama a'r nwyddau... Y peth mwya difrifol yw fod ein drylliau wedi diflannu hefyd!

Beth?!... Wel y jiawled!... Gwsberins gythrel!... Y chwilod cacimwci!

Mawredd, fachgen, beth ŷn ni'n mynd i neud nawr?

Rhaid i ni geisio dod o hyd i Zorrino yn gyntaf... Cyn mynd i'r afael gyda phwy bynnag sy wedi ei gipio!

Milyn!... Dere fan hyn!

Reit, ni'n dibynnu arnot ti nawr, Milyn, i ddod o hyd i Zorrino... Wyt ti'n gallu codi ei drywydd ag arogl y cap?

Dewch, Capten, ar ôl Milyn!

WOWOW! WOWOW!

Dal 'mlân, gwboi! Ti'n mynd fel gafar fynydd!

Wedi pellter maith...

Drychwch! Dyna nhw!

Wrth i'r llwybr droi nôl, byddwn ni'n union uwch eu pennau...

Fe ddaliwn ni nhw os dringwn ni lawr y creigiau... Aros di fan hyn, Milyn... Dewch chi gyda mi, Capten!

Wyt ti'n rhoi dewis i fi, gwed?!

Arhoswch ble rŷch chi, Capten... Mae'n rhy serth fan hyn.

Dyma ni... Maen nhw'n dod!... Gofalus nawr, Capten, dim sŵn...

? HELP!

! ?

O na, mae e wedi syrthio! Maen nhw wedi'i ddal e...

Dyma'r un ola ar ei ffordd... Reit, nawr amdani!

Beth sy'n digwydd fan 'cw?

Dywedwch... Ble mae eich cyfaill Tintin?

No sé!

Dywedwch! Neu cewch dalu efo'ch bywyd!

"Wel", medde Wil wrth y wal, ond wedodd y wal ddim nôl wrth Wil!...

Ond gan eich bod chi'n becso gyment am Tintin, bydde fe'n syniad da i chi droi rownd!

? ?

Iawn, codwch eich dwylo, bob un ohonoch chi!

Capten, wnewch chi gymryd y dryll allan o ddwylo'r Indiad yna?... Gwych... Nawr, rhyddhewch Zorrino tra 'mod i'n cadw llygad ar y tri hyn...

A shwd wyt ti 'te, boi bach?

Yn iawn?

Dyma ni'n barod i deithio eto!

Señor!

Hwrê!

Dewch fan hyn, Capten, cyn iddyn nhw geisio rhywbeth... A chi'ch tri, arhoswch yn yr unfan!

Nawr, yn ôl i lawr y llwybr, ar unwaith... Fe fyddwch chi'n difaru os mnewch chi fentro troi nôl... Pawb yn deall?... Ac ewch â'ch ffrind gyda chi!

Brysiwch!

Does dim brys...

BANG

CLAC

Rwy'n credu eu bod nhw'n deall! Nawr, i ail-ymuno gyda'r lleill...

A dyma ti, Zorrino, yn ddiogel eto!

Ydy Milyn efo chi?

Arhosodd Milyn yn uwch i fyny... Roedd y clogwyn yn rhy beryglus iddo...

Helo, Milyn!

Wowow! Wowow!

Wowow! Wowow!

Hei, ma' hon yn olygfa wych!

Gwyliwch, y condor!

Ffiw! Diolch byth! Mae e'n sâff am nawr, ta beth... Yr her nesa fydd dod nôl lawr!

Pam ar y ddaear wnest ti ddim ateb?... Nawr, bihafia!

Dal yn sownd... Lawr â ni, gan bwyll...

Ŵŵŵŵ... Fi'n teimlo'n benysgafn...

Mawredd mawr, Zorrino! Edrycha, mae condor arall yn dod... Estyn y dryll i fi, glou!

BANG

PPiiWW

! !

Daro! Wedi ffaelu!... Ac ma'r condor wedi cydio ynddo fe nawr, smo fi'n galler saethu!

O, fachgen! Tintin!... Bydd rhaid iddo ollwng ei afael...

Alla i ddim dal y rhaff... Dim ond un dewis sy gen i...

?

WPS!

Yffach gols! Beth ddiawl ti'n neud, Tintin?!... Yn gafael am goese'r blwmin aderyn!

Lawr i'r llawr gwaelod, plîs!

Yn saff!

Y sguthan!... Y bilidowcar!... Y twrci!... Aros di nes bo fi'n cael gafel ynot ti, a dy stwffio ar gyfer cinio dydd Sul, y ceiliog-dandi-dô myn yffarn i!

Yn ddiweddarach...

Y blwmin lle 'ma... Mynydd ar ôl mynydd, a llwyth o greaduriaid diawledig...

Faint pellach sydd i fynd, Zorrino?

Mae'n siwrne faith, señor... Mae Teml yr Haul yn bell i ffwrdd... Taith hir drwy'r mynyddoedd ac uchelfannau'r eira...

Llwybrau diddiwedd...

...ac un bore...

Mae'r bwlch yn gul fan hyn, señor, ac yn beryglus... Gall unrhyw sŵn gychwyn cwymp eira, os nad ydyn ni'n ofalus.

Iawn, grwt, dim cnec wrtha i.

Arglwydd mawr, fi'n sythu fan hyn!... Fi'n bownd o ddala annwyd... 'Co ni, beth wedes i... Ooo... Ooo!...

OOOAAAA ...

TISHŴŴ

BRRWMM BRRRWM

?

Yr eira!

Tu ôl i'r graig!

Mam fach...
Ôdd hynna'n agos...
Dere, Zorrino...

Ble mae'r ddau lama?... A'r Capten?

Sai'n gwbod, Zorrino...
Wedi'u claddu gan yr
eira... Rhaid dod o hyd
iddyn nhw!

Capten!...
Capten!

Peidiwch â
gweiddi!

O diawch, wrth gwrs... rhag
cychwyn cwymp arall...

!

Wowow!
Wowow!

Zorrino, mae Milyn wedi
darganfod y Capten!

Dere, does dim amser
i'w golli...

Dyma ni!

Dyw e ddim yn ymateb...
Rhaid tynnu fe mâs
yn glou!

Druan ag e, wedi rhewi'n gorn!

!

Mae angen ei gynhesu fe... Tase gyda ni alcohol neu unrhyw beth... Mae'n rhaid fod gyda'r Capten fflasg yn ei boced...

Dyma hi... Fflasg lawn hefyd!

Nawr...

Wisgi!

Na, Capten, peidiwch ag yfed y cyfan ar unwaith!

Welwch chi!... Y ddau lama!

Reit, reit... Hic! Rhoswch chi'ch dou fan hyn, âf i ar eu hôl nhw nawr... Hic!

Na, na. Capten, fe âf i...

Cau di dy ben, lobi lad, wyt ti eisie i fi disian eto?... Hic! Fi ddechreuodd hyn, myn yffarn i... Hic! A fi sy'n mynd i gwpla fe... Hic!

Ond...

Hei, ribidirês! Donci un a donci dau, dewch fan hyn!

Y bashi-basŵcs!...Yffarn dân! Maen nhw'n rhedeg bant wrth i fi agosáu!... Jiawl, fe gewn nhw goten 'da fi!

Dewch fan hyn, y rhacs jibidêrs! A siapwch hi!...

Mae hyn yn mynd o ddrwg i waeth!

Edrychwch!... Mae'n rhaid eu bod nhw wedi'u dal mewn cwymp eira... A dim ond dau sy wedi goroesi...

Mae hynny'n ei gwneud yn haws i ni ddelio efo nhw!

Ond odw i'n dychmygu pethe?... Dyna'r Indiaid wnaeth gipio Zorrino!

Ti'n gwbod beth, Zorrino? Mae bywyd a buchedd y Capten Hadog yn rhywbeth i'w ryfeddu!

Rŷch chi'n dal mewn un darn, Capten!... Dyna'r olaf welwn ni o'r Indiaid yna, heb os... Nawr, gwell i ni fwrw ymlaen ar ein ffordd...

Ym, ie...

Ond i ble'r aeth Milyn? Roedd e fan hyn funud yn ôl... Milyn!... Milyn!...

Milyn!... Ble wyt ti yr hen gi bach?

Wel chwarae teg i ti! Wedi palu drwy'r eira i ddod o hyd i het y Capten!

Da iawn, rŷn ni wedi dod o hyd i'ch het... Ond rwy'n ofni ein bod wedi colli'r ddau lama, sy'n golygu nad oes gyda ni ragor o fwyd, na bwledi i'r drylliau...

E? Dim bwledi?

Sdim eisie i ti fecso am 'ny! Drycha, ma' gyda fi ddou focsed o fwledi fan hyn yn 'y mhoced...

Diolch byth am hynny! Gallwn ni ddefnyddio rhain i hela am fwyd... A pheidiwch â cholli'r papur newydd, fe ddaw hwnnw'n ddefnyddiol ar gyfer cynnau tân.

Wedi oriau hir...

Welwch chi, byddwn yn disgyn i drwch y jyngl yfory...

Ife yn y jyngl y mae Teml yr Haul, Zorrino?

Nage, señor, mae'r deml ymhell i ffwrdd... Wedi'r jyngl, bydd rhaid troedio mwy o fynyddoedd...

Picls Porthcawl! Oes diwedd i hyn? Sai'n gwbod faint mwy sy'n bosib ar shwd galifant...

Hei, drychwch... Mae 'na ogof lan fan 'na... Rhywle â chysgod i ni dreulio'r nos.

Falle...

Gadewch i fi gael pip i weld os odyw e'n le bach clyd...

Perffeth!

Dewch mlaen, bois, mae e'n dipyn o dŷ bach twt!

Beth sy'n bod?... E?... Pam ŷch chi'n chwifio'ch breichie?

Beth? Sai'n clywed! Bydd rhad i chi weiddi'n uwch, bois bach!

Diawl eriôd! Codwch eich lleisie i fi gael eich clywed chi!

Arth! Tu ôl i chi!

Drannoeth...

Popeth yn iawn, Capten?

Nagyw! Fi'n cael fy myta'n fyw 'da'r mân bryfetach sy'n heidio ar hyd y lle!

Cymer hyn, y gwybedyn gythrel! Ti a dy jiws piws!

HW! HW! HW! HW! HW! HW!

HW! HW! HW! HW! HW! HW! HW! HW!

!

HW! HW!
HW! HW!

HW! HW! HW!
HW! HW! HW!

Beth nesa?!...
Mwncwn yr
hŵli, myn
yffarn i!...
Odych chi'n
credu fod
hyn y destun
chwerthin?!

Chi'n lwcus nad oes lot o fwledi
gyda ni, neu fel arall...

SBLASH

!

Arglwydd mawr y
nef a'r ddaear!...
A'r cyfan oherwydd
hen fwncwn twp yr
yffarn!... Diawled!

Rhyngot ti, fi a'r pwllyn dŵr...
Jiawl, paid â 'ngwahodd i am
wâc yn y goedwig byth eto!

Ym, iawn...

HELP!

?

Llais
Zorrino!

Dewch!

BANG

O drwch blewyn, Zorrino...

Rydych wedi achub
fy mywyd eto!

CRAC
CRAC
CRAC

?

?

CRAC
CRAC
CRAC

Gwed y gwir 'tho fi, Tintin, ife bws y Maerdy fwrodd fi lawr jest nawr?

Nage, Capten... Tapir!

Pan fydd y tapir ar frys, señor, does ganddo ddim hid am unrhyw beth sydd yn ei ffordd... Ond creadur mwyn yw'r tapir, yn hawdd iawn ei ddofi...

Mae'n dda 'da fi glywed 'ny... Ond bydda i'n saethu'r twrch nesa sy'n croesi'n llwybr i!

Clywch hyn, bois... Y tro nesa bydda i eisie gwylie bach tawel i ymlacio, bydda i'n gwbod yn gwmws lle i ddod!

Yffarn!... Gwybed bach y jiawl!

Dyma fan agored yn y coed, lle da i ni dreulio'r noson...

Cytuno.

Gyda'r nos...

A thrannoeth y wawr...

CHCH!

CHCHCH CHCH!

!

Hmmm... 'Na fe, Milyn... Gad i'r Capten gael pum munud fach arall o gwsg...

?

? ? + !

MAMI!

!

Cer i grafu, Syr Wynff ap Concord!

!

Tewch, da chi, Capten... Dim byd ond hen dwrch trwynog yn dod i ddweud bore da!

Roedd morgrug drosoch chi, ac yntau eisiau brecwast!

Dyddiau trwy'r jyngl...

Mae afon gref o'n blaenau... Bydd rhaid ei chroesi.

Sut? Nofio?

Canibaliaid!

Arhoswch yma, señores... Bydd Zorrino yn dychwelyd ymhen ychydig...

Iawn.

Dyna ryfedd... Edrychwch ar yr holl foncyffion yn symud gyda'r llif...

Boncyffion, ti'n gweud? Nage boncyffion ŷn nhw, gwboi, ond hen grocs!

Aligatoried, chi'n feddwl?...Pwy feddylie... Ond byddwn i wedi tyngu...

Mor hawdd cael dy dwyllo 'twel...

TINTIN! HELP!

BANG

Ŵ... ym... wel... ie... diolch, Tintin... ti'n gweld...

Hawdd cael eich twyllo, Capten... Croc mor ddiniwed â boncyff coeden erbyn hyn!

CRAC

Popeth yn iawn, dim ond Zorrino yn torri hen gangen...

Dewch i'r canŵ, señores...

Yma...

Daliwch ymlaen at eich hetiau!... Maen nhw wedi'n gweld ni, dyma nhw'n dod!

BANG

BANG

BANG

BANG

BANG

!

BANG

BANG

Y deinosoriaid! Gad i fi eu saethu nhw!

Na, bydd hynny'n wastraff bwledi...

Wedes i bo fi ddim yn joio, do fe?... Pryd fyddwn ni'n rhydd o'r uffern hyn?

Yfory, señor Capten, allan o'r jyngl.

Drannoeth, ar ddiwedd dydd...

Codwn wersyll fan hyn heno... Yn y mynyddoedd uchel, dyna ble mae Teml yr Haul.

Drannoeth...

Bant â'r cart!... Hei, ble ffeindiest ti'r rhaff 'na?

Bydd angen rhaff arnom, yn sicr... Felly dyma ei rwymo allan o'r gwinwydd a chlymau coed y jyngl.

Dyma ryferthwy! Gwell ceisio dod o hyd i fan croesi ymhellach i fyny'r llif... Mae amddiffynfeydd Teml yr Haul yn gadarn!

Ymhen deuddydd arall...

Does dim amdani, Capten... Bydd rhaid croesi fan hyn... Welwch chi'r graig fain yr ochr draw? Rhaid taflu'r rhaff yn lasŵ amdani.

Reit!

Un, dau...

Hwrê!

Wedi clymu'r pen yma'n sownd... Pwy sy'n mynd gynta?

Zorrino, yn cludo dryll señor Tintin, i brofi'r rhaff!

Diawch, sdim byd yn hala ofan arno fe...

Gofalus, Zorrino!

Mae'n iawn!

Reit-o! Fy nhro i nesa...

Mawredd, ma' eisie cadw'n cŵl i wneud hyn...

Wel yr argol ddiddig!

40

Er mwyn popeth, Capten, gadewch eich het neu fe fyddwch chi'n cwympo!

Wyt ti'n mynd i brynu un newydd i fi yn y siop hetie leol?

Ffiw! Wedi 'neud hi!

Fy nhro i nawr...

Pwy ti'n meddwl wyt ti? Tarzan?!

Mae popeth yn iawn, Milyn... Paid â phoeni...

Wooooooow!

CHWAC

?

Iechydwrieth!

Tintin! Tintin!

Dim byd! Sdim golwg ohono fe yn unman... Ond mae e'n nofiwr cryf, mae e'n siŵr o ddod i'r golwg...

Ond... Gall hyn ddim bod... Y cyfan ar ben, mae e wedi boddi... Na, wi'n gwrthod credu hyn...

!

Wedi boddi?... Na, Capten, dydy señor Tintin ddim wedi marw?...

Ydy, Zorrino!

Zorrino bach, ma' Tintin wedi mynd... Welwn ni fyth mohono fe eto...

Helôôô!

?

?

Y llais... E? Odw i'n dychmygu pethe?... Rhaid 'mod i'n breuddwydio...

Llais señor Tintin ydy o!

Capten! Zorrino!

Tintin!... Tintin!... Ife ti sy 'na?... Ble wyt ti, was?

Wowow! Wowow!

Fan hyn, tu ôl i'r dŵr!

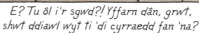

E? Tu ôl i'r sgwd?! Yffarn dân, grwt, shwt ddiawl wyt ti 'di cyrraedd fan 'na?

Dewch lawr, ac fe welwch chi.

?

Dewch lawr i'r gwaelod...

Nawr, dewch yn nes... Os edrychwch chi ar waelod y rhaeadr, fe wna i daflu carreg ac fe welwch chi ble ydw i...

Hwp!

! !

Welsoch chi hynny?... Da iawn!... Nawr, dewch â'r rhaff yma a chlymu carreg drom ar un pen i'w thaflu ata i... Rwy wedi darganfod rhywbeth diddorol dros ben!

Iawn!

42

Mae hynna'n ddigon tynn i'w daflu at Tintin.

Perffaith!

Clymwch y rhaff yn ddiogel i'r pen yna, ac fe wna i'r un peth fan hyn.

Reit...

Wedi gwneud!

Gwych, nawr dewch i ymuno gyda fi!

?

Beth wedest ti?...Ni'n ymuno gyda ti?...Ffordd arall rownd ti'n meddwl, nag ife?

Ddim o gwbl... Gafaelwch yn dynn yn y rhaff, a chamu'n ddewr drwy'r dŵr... Fe welwch chi, dim ond llen denau o ddŵr sy'n ein gwahanu ni...

Ond... ond... ti'n hollol siŵr?...

Ydw, nawr dewch!

Cam i'r tywyllwch!

Dyna ni!

!

Bois bach! Beth yw'r lle hyn?

Gadewch i mi alw Zorrino...

Ma' hyn yn rhyfeddol... Anghredadwy... Pwy fydde wedi dychmygu?...

Dy dro di, Zorrino!

Braf dy weld!

!

Gyda'n gilydd unwaith eto!

O, señor Tintin!... Roeddwn i wedi dychryn yn ofnadwy...

Wel, mae'r tri ohonom yn ddiogel, diolch i'r drefn... Wedi i mi syrthio i'r dŵr, wel, mae'n anodd gwybod beth ddigwyddodd yn union, roedd hi fel bod mewn peiriant golchi!... Ond wrth ddod nôl i'r wyneb, dyma ble'r oeddwn i.

Mae'n anhygoel, ond rwy'n credu ein bod ni wedi taro ar hen fynedfa i Deml yr Haul... Mor hen nes fod hyd yn oed yr Inca wedi anghofio'r cyfan amdani... Beth bynnag, dewch i ni fentro ymlaen i weld beth ddaw...

Wel picls yr yffarn... Bydd hi'n ddu didrugaredd lan fan 'na!

Dyna'r oeddwn i'n ei feddwl, ond edrychwch ar y graig... Mae rhyw oleuni oddi arni sy'n dangos y ffordd ymlaen... Dewch i ni fynd amdani!

Cyn lleied o sŵn â phosib... Gofalus nawr, mae gen i deimlad ein bod yn agos at ddiwedd ein taith...

...a'r Athro Efflwfia o fewn cyrraedd!

I ble mae'r llwybr yma'n arwain?

Dim ond un ffordd sydd i ffeindio mâs...

Hmmm, problem... Mae 'na gwymp cerrig wedi bod ar draws y llwybr fan hyn... Does dim modd mynd ymlaen...

Rhaid fod y cerrig wedi syrthio yn dilyn hen ddaeargryn... Maen nhw'n bethe digon cyffredin yn Ne America... Wel, awn ni ddim ymlaen, oni bai...

Wowow! Wowow!

Y ddihangfa dân i Deml yr Haul!

Falle fod Milyn wedi dod o hyd i'r ffordd... Oes bwlch rhwng y cerrig? Dal rhain, Zorrino, tra 'mod i'n cael pip...

Wel?

Sefwch funud...

Iawn?

Ydy, hyd yn hyn...

Mae ogof fach fan yma... Oes yna ffordd...? Mawredd!

Beth sy?

Ym... Shwmae... Tywydd braf heddi...

Odych chi'n siarad Cymraeg?... Na? Ym... ¿Habla usted español? Na?... Parlez-vous français? Na?...

Ond mam fach!... Mae'n ddrwg gen i, dŷch chi ddim yn gallu siarad.

Diawch! Wedi chwalu'n ddarnau mân... Dyma greiriau hen feddrod!

Mae hyn yn awgrymu'n gryf mai daeargryn ddigwyddodd yma... Nawr 'te...

Mymi... Dau fymi Inca... Beddrod yw hwn, yn bendant!

Sgwn i a oes modd gwthio'r maen yma o'r ffordd?...Wna i ddim ar fy mhen fy hun, gwell galw'r lleill...

Yr esgyrn hyn...

Hei, Capten!... Zorrino!... Mae angen eich cymorth arna i...

Ni ar y ffordd!

Cer di gynta, Zorrino... Fe wna i estyn y drylliau a'r ponshos i fyny.

Rhowch nhw i mi,
señor Capten...

'Co ti.

Dyma'r drylliau, Tintin.

Diolch,
Zorrino.

O... Dyma guddfan
y meirw!

Ie, Zorrino,
ond mae'n rhaid
i ni fynd heibio...

Fy nhro i nawr...

! ? TŴŴŴT

Nefi wen! Milyn wnaeth
y sŵn yna... Beth
ddigwyddodd, Milyn?

Ym... Asgwrn
sy'n gallu
chwarae tiwn!

Chwiban y meirw ydy hwn... Mae'r
Inca yn naddu offerynau o'r hen
esgyrn i'w gosod mewn beddrodau.

Rhyw fath o ffliwt, wedi'i
naddu o asgwrn y goes, y
tibia... A dyma Milyn yn ei
chwythu ar ddamwain!

Hei, Capten,
odych chi'n dod?

Odw... Amynedd!...
Hei, beth yw hwn?
Man claddu?...

Dyma'r unig ffordd
os ydyn ni am fwrw
ymlaen, Capten.

'Shgwl, wyt ti wedi
llusgo fi fan hyn jest
er mwyn cwrdd â
dau zombi?!

Nagw, Capten... Edrychwch ar hyn,
mae'n rhaid ein bod ni'n agos at Deml
yr Haul... Rhaid i ni geisio gwthio'r
maen yma drosodd, er mwyn cyrraedd
yr ochr arall.

Ti'n gofyn
lot...!

Iawn, dewch i ni roi cynnig arni...
Ar ôl tri... **TRI!**

Da iawn, fe symudodd e damed bach...
Eto, ar ôl tri... **TRI!**

!

46

Ysbeilwyr!...
Gafaelwch ynddynt!

Cadwch draw, y pla locustiaid!...Peidwch meiddio twtsh â'r crwt, chi a'ch jinglarins jiawl!

Crobots y moch!...Y bashi-baswcs!...Yr Anghydffurfwyr!...Y werin datws!...Peidwch heidio amdana i, y jiawled!

Yn awr, cânt eu neilltuo i'r gell nes eu dwyn gerbron yr Inca!

Y 'ffernols, myn yffach i!...
Twll i chi, bob un!... Fel hyn ŷch
chi'n trin ymwelwyr? Ife?!

Paid â gofidio, Zorrino...
Fe ddown ni o hyd i ffordd
allan o'r fan hyn...

Ond haws dweud na gwneud...
Druan o Zorrino!

Hei, beth yw hwn
yn fy mhoced i?

O ie, rwy'n cofio...
Yr hen swyndlws bach
wnaeth yr Indiad
yna ei roi i mi
yn Jauga...

Os ydych yn benderfynol
o fwrw ymlaen, cymerwch
hwn... Bydd o gymorth i chi
mewn perygl...

Sgwn i... Falle
mai rhyw fath o
swyndlws i warchod
person yw e...
Os felly, mae'n
bosib y gallai
achub bywyd un
ohonon ni...

Hei, Zorrino, mae gen i
rywbeth bach i ti... Edrycha
ar ei ôl e, falle y bydd e'n
ddefnyddiol i ti.

Dewch, y tri ohonoch... Mae'r
Inca yn eich disgwyl.

Odyw e wir?...Wel,
whare teg iddo fe!
Fi'n dishgwl 'mlân
i gael cwrdd â'r
pen honsho!

Pwyllwch, Capten, plîs!
Thâl hi ddim i ni gorddi'r sefyllfa...

Mam fach!
Yr Inca!

Edrychwch ar y
dyn sydd i'r chwith,
Capten... O'r theatr
gydag Alcazar i'r
Pachacamac...
Chiquito yw e!

Ddieithriaid, datgelwch
yma ar goedd trwy pa
dwyll y datguddiwyd
goleuni Teml yr Haul i chi.

Ym... Dywysog
Trugarog, trwy
gyd-ddigwyddiad
yr agorwyd y
llwybr i ni, wedi
i mi syrthio i
ferw'r dŵr.

Bid a fo hynny. Dim ond un
gosb sydd yn unol â'r ddeddf.
I'r sawl a ddifwyna gysegrfan
y deml hon, rhydd y ddeddf
y gosb eithaf — marwolaeth!

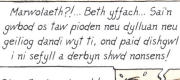

Marwolaeth?!... Beth yffach... Sai'n gwbod os taw pioden neu dylluan neu geiliog dandi wyt ti, ond paid dishgwl i ni sefyll a derbyn shwd nonsens!

Plîs, Capten, tewch!

Dywysog Disglair, rwy'n erfyn arnoch i roi clust i'n hanes... Nid dod yma i bechu eich defodau oedd ein bwriad o gwbl — ein hunig fwriad oedd dod o hyd i'n cyfaill, yr Athro Efflwfia...

Tramgwydd eich cyfaill oedd gwisgo sanctaidd freichled Rascar Capac. Am hynny, mae eich cyfaill, fel chithau, yn wynebu'r gosb eithaf!

Nefi blŵ! Sda chi ddim hawl i ladd Ephraim, a sda chi ddim hawl i'n lladd ni chwaith! Yffarn dân, mae e'n anghyfreithlon! Y llofrudd ceinog a dime 'shag wyt ti!

Ond nid ar fy nhrugaredd i y byddwch yn derbyn eich cosb. Yr Haul fydd yn taflu ei oleuni a chynnau coelcerth yr offrwm.

Ond o ran y llanc a wnaeth eich tywys yma, a thrwy hynny fradychu ei hil, y mae ef yn wynebu cosb bradwr!... Caiff ei aberthu'n ddiymdroi ar allor yr Haul!

Os odych chi'n mentro twtsh ag un blewyn ar ben y bachan bach, fe loria i bob un ohonoch chi'r bashi-basŵcs!

Grrr...

Ond wrth gwrs! Zorrino, dangosa'r swyndlws iddyn nhw!

?

Oddi ar bwy wnest ti ddwyn hwnna, y lleidr bach?!

Na, nid ei ddwyn, Dywysog Trugarog... Y gŵr yma wnaeth roi'r swyndlws i mi... Nid ei ddwyn!

Felly chithau, ddieithryn aflednais! Oddi ar bwy y gwnaethoch chi ei ddwyn? Mentraf i chi ysbeilio beddrodau ein hynafiaid megis ag y gwnaeth eraill o'ch hil!

Disgleiriaf Dywysog, erchaf gennad i lefaru...

!

Dywysog, derbyniodd y dieithryn hwn y swyndlws gen i, yn rhodd cyflawn o'm gwirfodd.

Tithau? Huascar?... A thithau'n arch-offeiriad i'r Haul? Cysegr-ysbail oedd rhoi'r swyndlws hwn yn nwylaw un o elynion ein pobl!

Nid yw'r gŵr yma yn elyn i'n pobl, Dywysog Trugarog... Fe'i gwelais yn camu i amddiffyn y glaslanc sy'n perthyn i'n hil ni, pan yr oedd hwnnw yn dioddef gwawd a sen wrth law'r tramorwyr blin sy'n dwyn ein llid. Ac am y rheswm hynny, gan wybod y byddai'n wynebu peryglon ar ei daith, y cyflwynais iddo'r swyndlws. Ai drwg o beth ydoedd hynny, Dywysog Doeth?

Na, nid drwg oedd hynny, Huascar. Roeddet yn wrol dy haelioni, ond bywyd deiliad y swyndlws yn unig a gaiff ei arbed...

Y glaslanc a gaiff ei arbed — aberthu ei fywyd ei hun a wnaeth y tramorwr wrth ildio'r swyndlws. Diamwys yw ein deddfau, ac angau a ddaw i ran y tramorwr a'i gydymaith barfog.

Ond parod wyf i ganiatáu iddynt un gymwynas...

Hei, ôn i'n gwbod ei fod e'n fachan olreit!

Terfynir eu heinioes o fewn y deugain niwrnod nesaf. Ond cânt ddewis ddiwrnod ac awr eu tranc, pan y bydd dwyfol oleuni'r Haul yn cynnau'r fflam!

Rhaid iddynt ddatgan eu dewis yfory. Gwahenir y glaslanc oddi wrth y ddau dramorwr, a chaiff dreulio gweddill ei ddyddiau oddi mewn i'r deml hon, rhag iddo fyth ddatgelu ein gwirioneddau i'r byd y tu hwnt i'r muriau.

Yn awr, ymaith â'r tramorwyr i aros yng nghaethiwed eu cell tan yfory. Dyna ddywed drugarog Dywysog yr Haul!

Iyffach! Ni lan at ein clustie ynddi tro 'ma!

Ond o leia mae Zorrino yn ddiogel.

Myn diain i!... Mwgyn! 'Na beth sy eisie, mwgyn bach i dawelu'r nerfe... Ble ma'r hen bib, gwed... Hmmm? Beth yw hwn?

O jiawch, 'co hwn, y sgrapyn papur wedest ti wrtha i gadw, rhag ofan...

Yffarn, bydd dim eisie hwn arna i nawr... Ddim pan fydda i'n eistedd ar ben hen goelcerth!

Bydd dim eisie unrhyw help oddi wrtha i er mwyn cynnau'r tân!

Sut mae dianc o'r fan yma?

Tynnu'r bariau, falle... Na, maen nhw'n dal yn gadarn...

Ac hyd yn oed petai modd eu symud nhw, dibyn di-waelod sy ar yr ochr arall...

Yffarn dân! Sda fi'r un fatsien ar ôl yn 'y mhocedi.

Dewch â'ch pib fan hyn, Capten... Mae gen i chwyddwydr bach.

Chwyddwydr?

Wel, 'shgwl ar 'na...

Wedi tanio!

Gredet ti fyth!... Whare teg i ti, gwboi.

Ie, chwarae teg, ac yn union yr un modd bydd yr Inca yn cynnau'r goelcerth pan ddaw'r amser i'n dienyddio yn y tân mawr...

Oni bai fod gyda nhw wydr parabolig, wrth gwrs, fel yr hen Archimedes gynt yn difa llongau'r Rhufeiniaid yn Siracusa...

Fy mhib!

Ar ben popeth arall, ma' 'mhib i wedi torri!

Hei, Milyn, beth ti'n neud? O ble ddaeth y rhacsyn papur 'na?

Ymhell i ffwrdd yn Ewrop...

Rydan ni 'di chwilio pob modfadd o'r cyfandir, o un pen i'r llall ac yn ôl. Drwg deud, ond does dim arwydd o Tintin, y Capten na'r Athro Efflwfia o grib De America i'w sawdl!

Nac o'i sawdl i'w ben-ôl, dalltwch chi.

Yr unig ddewis sy gynnon ni 'wan ydy mynd ati o'r newydd efo dulliau amgen — ac os na wnawn ni hynny, cystal i ni roi'r ffidil yn y to a mynd adra!

Hynny ydy, 'dan ni'n mynd adra i ffidlan yn y to.

Wela i... A beth yn union ydy'r "dulliau amgen" yma?

Fedrwn ni ddim datgelu hynny, cyfrinachedd a ballu, ond dichon deud eu bod nhw'n ddulliau arloesol yn ogystal ag amgen...

Dewiniaeth y pendil, Parri bach, hynna be 'dio... Techneg arbennig yr Athro Efflwfia ei hun!

51

O ble ddaeth y papur newydd yma, Capten?

Ti wedodd wrtha i gadw fe... rhag ofan y bydde fe'n ddefnyddiol ar gyfer cynnau tân neu rhwbeth...

Hei, rho fe nôl!

Wel, mae hwn yn ddiddorol... Ond sgwn i...

Wowow! Wowow!

!?

Milyn! Rho'r papur nôl i fi nawr!

Nawr, Milyn!

Dere 'ma!

Milyn, nid gêm yw hyn, dere 'ma nawr!

Er mwyn y nefoedd, Milyn!

Dyna ddigon o chwarae!... Wyt ti'n clywed, Milyn?... Nawr dere fan hyn!

O jiawcs, mae e o ddifri...

Wel, gyda thamed bach o lwc, fe eith e nôl at ei gilydd...

Pwy fyddai wedi dychmygu fod... Wel, am gyd-ddigwyddiad!

Diflas, ontefe? Sda fi ddim i chwarae gydag e nawr...

???!!! ☆☆?!◉☆ ☆☆ !+?◎=!!! ☆ ☀ ☆ : ?✕ ✳ ⚞ ◎ ☀

A dyna 'mhib i nôl mewn un darn! Tintin, fyddet ti cystal...

HWRÊ! WE-HEI!

Tintin! Beth yn y byd?!...

Hip-hip-hwrê!

Capten! Rŷn ni'n sâff!

Yn sâff?... Beth ti'n feddwl, grwt?

Wel, mae'n debyg... Arhoswch, na, falle mai'r peth call yw i mi beidio â dweud unrhyw beth eto, rhag ofn fy mod i wedi gwneud camgymeriad... Byddai'n beth ofnadwy i mi godi gobeithion yn ofer...

Ond...

Capten, mae'n rhaid i chi ymddiried yn llwyr ynof i, ac addo y gwnewch yn union fel rwy'n ei ddweud, heb gwestiynu dim... Daw'r cyfan yn glir ymhen amser.

Wel, iawn, ond...

Dyna ni wedi cytuno, felly... A chithau wedi addo! Nawr, bydd rhaid i ni fod yn amyneddgar... A thra ein bod ni'n aros, fe wna i drwsio'r hen bib!

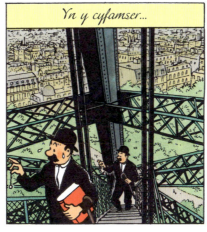

Yn y cyfamser...

Grasusas! Toes na'm sôn amdanyn nhw... Ond mae'r pendil yn bendant yn deud eu bod nhw'n ddyrchafedig!

A phan dyrr y wawr...

Ddieithriaid, gwnewch yn hysbys eich dewis ddiwrnod a'ch dewis awr i ymgrymu gerbron yn tanllif a ddaw i ddifa.

Drugarog Dywysog, fy mhenderfyniad i... ym, ein dewis ni fydd wynebu'r tân mawr ymhen... ym... ymheun deunaw niwrnod, am unarddeg y bore... Mae hi'n ben-blwydd ar fy nghyfaill, welwch chi, ac...

?

Hei, fachgen, beth gythrel sy'n mynd 'mlân 'da ti? Nonsens!...

Capten, fe wnaethoch chi addo i ymddiried...

Boed felly!...Ymhen deunaw niwrnod, ar yr awr benodedig, fe'ch cosbir am eich tramgwydd. Filwyr, ewch â'r ddau ddieithryn oddi yma i'r gell ysblennydd, a gweini arnynt yn unol â'u holl ddymuniadau!

O fewn dim...

Yma y byddwch yn preswylio rwan, señores, yn yr ystafelloedd breiniol...

Reit, wyt ti'n mynd i esbonio hyn i gyd i fi?

Ddim eto, Capten. Ond ymlaciwch – does dim i boeni yn ei gylch!

Dim i boeni yn ei gylch?!... Wyt ti'n dishgwl i fi lyncu pilsen jilsen, a ninne'n mynd i gael ein pobi'n datws drwy'u crwyn?!... O na, dim byd i boeni yn ei gylch, siwrne y byddwn ni'n cael ein cynnau fel canhwylle ar ben teisen i ddathlu fy mhen-blwydd!

Â threigl amser...

Llai nag wythnos yn weddill... A wedyn bydd hi'n amen!

Drannoeth...

Rhaid bod rhyw ffordd o ddianc... Ti'n credu fod Zorrino yn gallu ein helpu ni?

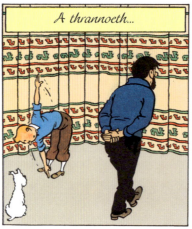

A thrannoeth...

Mawredd mawr, Tintin, 'co ni fan hyn ar fin croesi'r Iorddonen, a beth wyt ti'n neud? Ymarfer corff, gymnasteg myn yffarn i!

Ond mae'n bwysig cadw'n heini, Capten.

Cadw'n heini, wedest ti? Diawch eriôd, sdim eisie ponsan rownd y lle i gadw'n heini arna i!... Fe ddangosa i ti pa mor ffit odw i – a cofia di beth yw'n oedran i 'ed!

'Shgwl ar hyn, wi'n galler clirio'r ford o un pen i'r llall mewn un naid...

HWP!

Sgiliau!

Chi'n credu fod hyn yn ddoniol?

Paid â meddwl 'mod i'n mynd i eistedd fel twrci yn dishgwl am y Dolig!... Yffach, ma' rhaid i ni neud rhwbeth!

Ond does dim fedrwn ni wneud, Capten.

Nefi wen!... Beth allwn ni neud?!

Rownd a rownd a rownd...

Dere 'mlân! Ti'n gorwedd ar dy gefen yn neud dim!... Mawredd mawr, sai'n mynd i eistedd i lawr!... Ma' rhaid neud rhwbeth!

Ffydd a gobaith, Capten... Byddwn ni'n ddynion rhydd ymhen deuddydd.

Mae'r cyfan yn ofer! Gredes i fyth y bydde hi'n dod i hyn... Drwy'r fagddu y rhodiasom!

Mae'r pendil yn bendant yn deud eu bod nhw 'di cyrraedd y gwaelod...

Dim ond oriau'n weddill i fyw, a 'co ti'n darllen y rhacsyn papur 'na eto fyth!

"...yn nrama Saunders am y ferch a wnaed o flodau'r maes..." Hmmm, mae gweddill yr erthygl wedi'i rwygo...

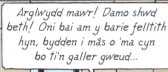

Arglwydd mawr! Damo shwd beth! Oni bai am y barie felltith hyn, bydden i mâs o 'ma cyn bo ti'n galler gweud...

YFF- -ARN DÂÂN!

?

Ni'n rhydd, Tintin!... Dere, mae'n amser i ni fynd!

Mae'n rhy beryglus i fentro, Capten!

Dim ond eich dal mewn pryd!

O jiw-jiw-jeriw!... Rhy hwyr!

Hon yw yr awr. Cewch wisgo heddiw fantell yr aberth...

Hei, pharo! Smo ti'n dishgwl i fi wisgo pais o Batagonia?

Rhaid i chi ufuddhau i'r ddefod.

Sai'n mynd i wisgo lan fel ceiliog ar ben domen! Byth bythoedd, yn oes oesoedd, amen!

Dewch, Capten...

Taenwch fantell yr aberth amdano.

CLEC

Na! Byth!

CRAC

BOINC

O'r mawredd, na, na, sai'n mynd i ddringo ar ben eu blwmin coelcerth nhw...

Sdim ots 'da fi beth wedith neb, mae'n bryd ffoi o'r madws!

!

Gawsoch chi ddim niwed, Capten?

Hmmm, ma' rhwbeth fan hyn sy ddim cweit yn reit...

BOM

BOM

Beth yw'r gerddoriaeth yna?

Os taw cerddoriaeth ti'n galw fe...

BOM BOM BOM BOM BOM

Pacharurac Pachacamac Viracocha

Cayhinapac Churasunqui Camasunqui

Edrychwch, Capten! Dyna'r Athro Efflwfia!... Wedi'r holl deithio o gwmpas y byd yn chwilio amdano, dyma fe'n dod... Maen nhw'n mynd i'w roi yn aberth gyda ni.

Helo, Capten! Ma' hyn yn syrpreis neis! Yn cwrdd fel hyn mewn man mor bictiwrésg! Shwd ŷch chi 'te?

E?... O, ym, ie, feri gwd!

A chithe, Tintin! Mor neis eich gweld chi 'to!... Ond jiawcs, pwy short o berfformans sy'n mynd 'mlân fan hyn 'te?... A ble yn gwmws ŷn ni?

Mynyddoedd Periw...

Beth wedoch chi? Chi moyn mynd i'r jeriw? Fachgen bach, os odych chi'n dod mâs ar gyfer sioe hanesyddol fel hon, dylech chi fynd i'r jeriw cyn gadel y tŷ... Ma' gyda'r bois 'ma bryd a gwedd brodorion De America... Periw falle...

Dyna ni, Periw, ymhith yr Inca.

Ma'r gwisgoedd a'r colur yn dda iawn, mor gredadwy, a'r actio mor naturiol...

Ond... Beth os ydw i wedi gwneud camsyniad?

Ardderchocaf Dywysog, dyma awr yr aberth!

Yn y cyfamser...

Sbia, mae'r pendil yn deud fod petha'n dechra poethi...

Aberthed, felly! Trwy law'r offeiriadaeth, llewyrched y dydd ar yr offrwm hwn...

Beth yw'r twba 'na sy gydag e?

Dyna'r gwydr fydd yn taflu llygedyn o'r haul i gynnau'r goelcerth...

Jeriw?

Na! Peidiwch â'u lladd!

O lewyrch Pachacamac, fendigaid oleuni y cread maith, boed i'r pelydrau tân godi'r fflamau!

Aros dy law, Huascar!... Gwrthod eich gweddi a wna'r Haul yn ei holl ddisgleirdeb!

? ?

Grrrr!

Hollalluog oleuni'r ffurfafen, rho arwydd o'th ewyllys sy'n gwrthod deisyfiad y meidrolion hyn!

Tewch, ddieithryn ffôl! Byddwch yn fudan am fentro erfyn ar yr Haul!

Drugarog dân, llewyrch y nefoedd, wynfydedig Pachacamac... Dyro arwydd sy'n gwrthod yr offrwm hwn, tro ymaith dy wyneb!

Jiawl, ma'r crwtyn bach wedi troi'n dŵ-lal!

Wel, wi'n eitha hoff o'r lliwie.

Dangos i ni dy ras o'r entrychion, cuddia dy wyneb rhag ofer offrwm y llawr...

Ond... Picl... Beth yffach?!... Jiawl, fi'n credu bo fi 'di troi'n dŵ-lal 'fyd!

!

Waw-wiii... Am actio gwych! Shgwlwch ar y braw sy arnyn nhw!... Ac wedi'i amseru'n berffeth i gyd-fynd ag eclips go iawn!

Eclips!... Eclips!... Eclips yw e!...

Sdim eisie i chi boeni, Capten, dim ond eclips yw e.

Woow Woow Woow!

Byddwch drugarog, ddieithryn, ymbiliaf arnoch!... Gadewch i'r Haul eto daenu golau drosom!... Gwnewch hynny a chewch gen i pa beth bynnag a ddeisyfwch!

Boed felly, Dywysog Da, rwy'n derbyn gair yr Inca... Nac ofnwch... Galwaf ar yr Haul i droi ei wedd tuag atom drachefn...

Woowoow Woow!

Wynfydedig oleuni, boed drugarog... Clyw'r meidrolion hyn, a thro eto ddisgleirdeb dy wyneb tuag at y byd...

Woowoow!

Mae'r Haul yn ufuddhau iddo... Gadewch i'r dieithriaid fynd yn rhydd!

Capten! Ydych chi'n cofio'r rhacsyn papur newydd?

Ma'r holl beth yn wyrthiol, myn yffach i...

Diolchwn am yr haelioni gwych yn nisgleirdeb y dydd!

♪ Bydd yn wrol, paid â llithro... ♪♪

Capten! Dylai'r sawl sy'n galw ar yr Haul feddu ar urddas!

Yn union yr un pryd...

Yli, dyna mae'r pendil yn ei ddeud, maen nhw'n cael eu bwmpio o gwmpas!

Drannoeth...

Anrhydeddaf fy ngair... Rydych yn rhydd, y tri ohonoch. Bydd gosgordd yn eich tywys yn ddiogel at draed y mynyddoedd mawr.

Rydym yn wylaidd ddiolchgar i'r Inca... Ond mae gen i un cais arall i chi.

Yn fy ngwlad, mae yna saith gwr dysgedig. Hyd y gwn i, maent oll yn dal i ddioddef artaith a phoen, a hynny oherwydd eich gafael drostynt. Rwy'n erfyn arnoch yn awr i ddod â diwedd i'w poenydio.

Daeth y gwŷr hyn yma a rheibio ein beddrodau, a dwyn cysegredig drysorau'r Inca... Eu haeddiant yw'r gosb y maent yn awr yn ei dderbyn.

Nid rheibio a dwyn oedd bwriad y dynion hyn, Drugarog Dywysog... Ond yn hytrach, addysgu'r byd am eich defodau hynafol ac ysblander eich diwylliant.

Fe'ch clywaf, a derbyniaf wirionedd eich geiriau... Dewch gyda mi, ac yn eich gŵydd daw terfyn ar boen a dioddefaint y gwŷr dysgedig sydd yn eich gwlad.

Mae'r delwau yma yn cynrychioli'r gwŷr yr ydych yn eiriol drostynt. Oddi yma, yn y siambr hon, trwy ddirgel rymoedd, yr esgorwyd ar eu hartaith... Ac oddi yma, felly, y cânt eu rhyddhau o gystwy.

Hudoliaeth!... Mae'n anodd credu... Ond beth oedd rhan y pelenni crisial yn hyn oll?

Roedd moddion cwsg yn y pelenni crisial, hylif yn deillio o ddail coca... Ynghyd ag hudoliaeth offeiriadaeth yr Inca, roedd tynged y gwŷr dysgedig yn ein dwylo ni...

Nawr rwy'n deall... Dyna esbonio'r saith belen grisial, a chystudd yr anturwyr... Trwy boenydio'r delwau fan hyn, byddai'r saith anturiwr hefyd yn teimlo'r un boen a dioddefaint.

Drylliwn felly'r delwau!

Ac ymhell i ffwrdd, ar gyfandir Ewrop...

Pam ydw i fan hyn?

Ond be... Sut wnes i gyrraedd yr ysbyty?!

Ble ydan ni, Offa?

Wn i ddim, Mahogany-Flake...

Deryn Rhŷs? Gwyfyn-Huws?

Pŷr! Be wyt ti'n dda yn fama?

Ydw i'n breuddwydio?

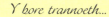

Y bore trannoeth...

Wyt ti am aros yma, Zorrino?... Mae'n amser ffarwelio, felly, ond efallai y cawn ni gyfarfod eto rhyw ddydd...

Adios, amigo Tintin!

Ond cyn eich bod yn ymadael â ni, ddieithriaid dewr, mae gen i un cais i chi.

Na phoener, Dywysog Anrhydeddus yr Haul, nid oes rheswm i chi ofidio dim...

Rwy'n tyngu llw na fyddaf byth yn datgelu lleoliad Teml yr Haul i'r un enaid tra byddaf byw!

A fi 'fyd, gwboi! Hwpwch gorcyn yn 'y mhotel wisgi a siafwch 'yn locsyn du os odw i'n gweud gair am hyn wrth unrhyw un!

Wel, ie, a phwy odw i i ddadle gyda hynny?... Smo chi'n mynd i 'ngweld i yn cymryd rhan mewn unrhyw sioe fel 'na byth 'to!

Gwn y gallaf ymddiried ynoch. Dyma'r osgordd i'ch tywys...

O, bois bach, chi'n tynnu 'nghoes i!

Edrychwch y tu mewn i'r sachau y mae'r lama yn eu cludo...

! !

Ond... Mawredd mawr y moroedd! 'Shgwl, Tintin, trysor! Aur! Tlysau gwerthfawr! Anhygoel!

!

Does dim geiriau teilwng i fynegi ein diolch, Dywysog Hael... Ond fedrwn ni ddim derbyn yr anrhegion hyn...

Oni bai eich bod yn mynnu, wrth gwrs.

Maent yn ddim o'u cymharu â thrysorau a chyfoeth dirifedi'r Deml!... Dewch, yr ydych eisoes wedi tyngu llw, dilynwch fi...

? !

Dewch!

Yn y cyfamser...

Wele drysorau'r Inca y bu'r concwerwyr o Sbaen yn chwilio cyhyd ond yn ofer amdanynt!

Annhebygol, ond ma'r pendil bach yn awgrymu fod aur pur rhywle fan hyn...

Ymhen rhai dyddiau...

Rwan, señores, rhaid i ni eich gadael... Bydd y trên yn eich cludo oddi yma ar daith yn ôl i'ch gwlad eich hun... Adios, a boed i'r haul oleuo eich rhod!

Hei, dal sownd am funud...

Tintin, fachgen, dal hwn i fi, wnei di?

Wrth gwrs... Pam?

Y Capten yn yfed dŵr?!... Wel, mae amser i bob peth dan y nefoedd, 'sbo.

Wmolch ar y stryd?

?

?

Dim byd personol, ond 'na fe, rhy hwyr codi pais ar ôl pisco!

Y DIWEDD